Lieblingsgefühle

Über das Buch

Tauchen Sie ein in die aufregende Fantasiewelt der Angela Fabiani. Sechs verführerische Begegnungen und elf prickelnde Gedichte entführen Sie in das Reich der erotischen Träume.

Über die Autorin

Angela Fabiani ist das Pseudonym, unter dem eine südhessische Autorin erotische Geschichten und Gedichte schreibt.
2011 ist ihr erstes Buch mit dem Titel „Frühlingsgefühle - erwachte Lust" über BoD erschienen. Mit „Lieblingsgefühle" erscheint nun ihr zweites Buch mit erotischen Kurzgeschichten und Gedichten.

Lieblingsgefühle

Die Deutsche Nationalbibliothek verzeichnet diese Publikation in der Deutschen Nationalbibliothek; detaillierte bibliographische Daten sind im Internet über http://dnb.d-nb.de abrufbar.

Umwelthinweis:
Dieses Buch wurde auf chlorfrei
gebleichtem Papier gedruckt.

© 2013
Herstellung und Verlag:
BoD - Books on Demand, Norderstedt
1. Auflage
Layout: Manuela Wirtz, www.manuwirtz.de
Cover: (c)Clarissa Yeo, www.bookcoversale.com.
Illustrationen: Tom Jay
Printed in Germany
ISBN: 9783732256655

Inhaltsverzeichnis

Eiskaltes Feuer 7

Sprudelnde Leidenschaft 12

Feuerstuhl 20

Noelias Traum..................... 27

Überraschung im Dunkeln.......... 30

Telefongeflüster.................... 36

Heißer Sand....................... 40

Sinnliche Gedichte................. 43

Leseprobe Frühlingsgefühle 58

Prickelnde Kurzgeschichten

Eiskaltes Feuer

Immer noch ein wenig zittrig stand Zoe am Skilift, nachdem sie gerade Dennis über den Weg gelaufen war. Sie hatte gewusst, dass er auch hier sein würde, und doch kam das Zusammentreffen dann so überraschend, dass ihr Körper total überreagierte. Typisch!

Ihr ewiges Laster Dennis, das sie nun schon seit zwei Jahren mit sich herumschleppte. Der Typ mit den eisblauen Augen, den dunklen Haaren, dem verschmitzten Blick und den frechen Sprüchen, hatte es ihr angetan. Vor zwei Jahren war sie das erste Mal mit ihm im Bett gelandet und seitdem war sie ihm fast schon hörig. Sie mochte seine dominante, fordernde Art, mit der er ihr von Anfang an gezeigt hatte, wo es lang geht. Sie war zwar keine Jungfrau mehr gewesen, aber noch sehr unerfahren, als er sie das erste Mal in die Finger bekam. Sie erinnerte sich noch gern an die heißen Küsse und die fordernden Hände, die genau wussten, was sie zu tun hatten. Er hatte ihr Vieles gezeigt und sie war eine willige Schülerin gewesen.

Es gab Pausen zwischen ihren Liebeleien, aber sie trafen sich immer wieder. Einmal hatte Dennis sogar seine feste Partnerin mit ihr betrogen. Sie wusste nicht genau, was sie für ihn war, aber irgendetwas schien ihm an ihr zu liegen. Auch wenn er sie nicht als Freundin haben wollte, was Zoe sehr bedrückte. Sie empfand eine Menge für Dennis. Nun war er also auch hier in Ischgl mit ein paar Freunden. Als sie ihm in die Arme gelaufen war, war da sofort wieder diese irre Spannung gewesen. Der Jagertee und der Glühwein, die sie schon intus hatte, unterstützten das Ganze auch noch.

Es war schon spät und an der Zeit aufzubrechen und mit der Gondel nach unten ins Tal zu fahren. Zoe stand mit ihren Freunden Ina, Lea, Karl und Steffen am Lift, als Dennis sich mit seinen Kumpels dazu stellte. Auch ihre Freunde kannten Dennis und es wurde herumgealbert. Nach und nach füllten sich die Gondeln und es wurden immer weniger Menschen, die warteten. Lea, Ina, Karl und Steffen betraten die vorletzte Gondel und es blieben nur noch Zoe und Dennis übrig. Zoes Herzschlag beschleunigte sich, da nun klar war, dass sie mit Dennis allein in einer Gondel fahren würde. Die Fahrt dauerte ungefähr fünfzehn Minuten, genug Zeit für Unfug.

Die letzte Gondel kam und sie stiegen ein. Dennis saß ihr gegenüber und grinste verschmitzt. Seine eisblauen Augen musterten sie aufmerksam.

»Na Schnecke, was machen wir jetzt mit der Zeit, die wir in der Gondel haben?«, fragte er herausfordernd. Sie kannte das von ihm und sofort machte sich das bekannte Ziehen in ihrem Unterleib bemerkbar. Dennis hielt ihr seine Hand hin. »Komm her«, flüsterte er. Das Ziehen in ihrem Unterleib wurde stärker. Er würde jetzt doch nicht wirklich im Skilift Sex mit ihr haben wollen? Oh mein Gott ...

Sie ließ sich von ihm auf seine Seite herüber ziehen und kniete vor ihm. Sie waren beide dick eingepackt in ihren Skioveralls. Er hob ihr Kinn an und seine Augen funkelten lüstern. Sie spürte, dass sie ihm nun erneut hoffnungslos verfallen war. Sanft legten sich seine Lippen auf ihre und seine Zunge drängte sich in ihren Mund.

Sie spürte, wie das Blut in ihren Unterleib schoss, sie wollte ihn, jetzt und hier! Sein Kuss wurde fordernder und sie öffnete seine Skijacke. Ihre Hände fuhren über seinen Rolli, unter dem sich sein muskulöser Oberkörper versteckte. Sie fühlte, wie auch er sich an ihrer Jacke zu schaffen machte. Sie trug ebenfalls einen engen Rollkragenpullover, aber als er ihre Brüste berührte, konnte er ihre harten Brustwarzen durch den Stoff fühlen. Es war, als hätten ihre Brustwarzen einen direkten Draht zu ihrem Unterleib. Bei seiner Berührung wurde das Ziehen in ihrem Unterleib stärker und sie fühlte, wie sie feucht wurde.

Die Leidenschaft entbrannte in ihr und sie fing an, den Reißverschluss seiner Schneehose herunter zu zerren. Sie konnte seine Erektion deutlich spüren und das törnte sie noch mehr an. Als sie seinen harten Penis durch den Slip berührte, stöhnte Dennis auf. Er schob seinen Fuß zwischen ihre Beine und fing an durch den dicken Stoff ihre Scham zu reiben. Er hob seinen Po, sodass Zoe seine Hose und den Slip herunterziehen konnte. Die ganze Pracht seines erregten Penis hatte sie nun vor Augen. Er war sehr gepflegt, rasiert und roch angenehm. Langsam schloss sie ihre Lippen darum und begann zu saugen. Dennis zog scharf die Luft ein und bäumte sich ihr entgegen. Seine Hände massierten weiter ihre Brustwarzen und sein Fuß ihre Scham.

Sie konnte spüren, wie sein Penis in ihrem Mund pulsierte. Sie fühlte, wie auch sie immer erregter wurde, und bewegte ihr Becken um die Reibung zwischen ihren Beinen zu verstärken. Plötzlich griff ihr Dennis in die Haare und riss ihren Kopf nach hinten. Seine Augen glühten vor Erregung, als er sie ansah, und sie lächelte ihr verführerischstes Lächeln. Er zog sie ein Stück hoch, griff zu ihrem Reißverschluss und zog ihn mit einem schnellen Griff herunter. Mit einer Bewegung zerrte er Schneehose und Slip ebenfalls herunter.

»Dreh dich um«, hauchte er und Zoe gehorchte ihm. Sie riskierte einen Blick um sich und sah, dass die Scheiben der Gondel beschlagen waren.

Dennis umfasste ihre Hüften und setzte sie auf sich. Zoe stöhnte, als er in sie eindrang. Sie bewegte sich erst langsam und genoss das Gefühl, wie er sie ausfüllte. Dann wurde sie schneller und spürte, wie sich ihre Lust steigerte. Sie steuerte sich selbst dem Orgasmus entgegen. Hinter ihr stöhnte Dennis und seine Hände massierten ihre Pobacken. Sie ritt ihn immer schneller, bis ihre Knie zitternd nachgaben und sie im Orgasmus zusammenbrach. Sie musste sich an der Bank vor ihr abstützen, um nicht zu fallen. Auch Dennis kam hinter ihr stöhnend zum Höhepunkt. Er schlang seine Arme um sie. Einen Moment hielten sie so inne. Dann hob Zoe den Kopf und sah, dass sie sich der Station näherten.

»Wir sind gleich da«, sagte sie und entzog sich Dennis. Schnell schlüpften beide in ihre Klamotten, gerade noch rechtzeitig, als die Gondel an der Station ankam. Sie setzte sich brav gegenüber Dennis und strich sich die Haare glatt. Als sie Dennis ansah, mussten beide kichern. Dann öffneten sich die Türen der Gondel und sie mussten aussteigen. Beim Aussteigen gab Dennis ihr noch einen Klaps auf den Po. Sie wusste, dass noch mehr solcher sexuellen Abenteuer mit Dennis auf sie warteten.

Sprudelnde Leidenschaft

Entspannt lag Leann auf der Liege und genoss das Gefühl, dass ein Saunagang, mit anschließendem Eisbad mit sich brachte. Diese völlige Entspannung tat, nach ihrer stressigen Woche in der Agentur, unheimlich gut. Es war relativ ruhig im SPA Bereich des Wellness-Hotels, in dem sie sich für das Wochenende eingebucht hatte, um zu entspannen. Ganz allein.

Sie döste vor sich hin, bis ein Poltern neben ihr sie zusammenzucken ließ. Leicht genervt öffnete sie die Augen und sah sich nach der Störung um, als eine angenehme Herrenstimme neben ihr sagte: «Sorry, ich wollte Sie nicht stören, mir ist mein Buch runter gefallen.« Die angenehme Stimme gehörte zu einem durchaus attraktiven Mann, der es sich gerade auf der Liege neben ihr bequem machte.

»Kein Problem«, gab Leann zurück und sah an sich herunter. Gott sei Dank, sie war immer noch in ihr Handtuch gewickelt. Der junge Mann neben ihr trug ein Handtuch lässig um die Hüften geschlungen. Er war braun gebrannt und hatte einen ausgesprochen durchtrainierten Oberkörper. Er schien zu merken, dass sie ihn beobachtete, denn er lächelte sie an. Mist, ertappt! Leann lächelte zurück und sah dann schnell verlegen in die andere Richtung. Die Anwesenheit des attraktiven Mannes machte sie nervös. Ob sie vielleicht doch lieber noch einen Saunagang machen sollte? Leann stand auf. Verstohlen sah sie ihren Nachbarn an, der schelmisch grinsend in sein Buch blickte. Mann, der hatte aber echt etwas Erotisches an sich!

Sie ging zur Sauna, entledigte sich ihres Handtuchs und schlüpfte schnell durch die Tür. Ein älterer Herr saß auf der oberen Bank mit geschlossenen Augen. Leann legte sich auf eine der unteren Bänke. Ihr fielen die Augen zu und sie dachte an ihren Liegennachbarn. Ob er wohl allein hier im Hotel war, so wie sie? Sie spürte, wie sie anfing zu schwitzen und ihre Hände glitten über ihre feuchte Haut. Sie hatte eine schöne, sehr weibliche Figur mit üppigen Brüsten. Sie hörte, wie der ältere Herr aufstand und die Sauna verließ, aber sie ließ ihre Augen geschlossen. Nun, da sie allein war, konnte sie sich unbeobachtet weiter streicheln. Der junge Mann hatte ihre Sinne geweckt. Ihre Hände wanderten über ihre Brüste und ihre Brustwarzen streckten sich bei der Berührung hart empor. Leann seufzte sehnsüchtig. Ein Knirschen ließ sie zusammenzucken. Oh nein, war sie doch nicht allein? War beim Herausgehen des älteren Herren auch wieder jemand hereingekommen?

Sie ließ ihre Hände neben ihren Körper gleiten und lauschte. Tatsächlich, sie konnte jemanden atmen hören. Leann holte tief Luft, nahm all ihren Mut zusammen und öffnete die Augen. Sie drehte den Kopf und da saß er, der erotische Liegennachbar. Sie spürte, wie sie rot anlief. Der Mann sah sie an und grinste frech.

»Jetzt habe ich sie schonender erschreckt«, sagte er mit einem schiefen Grinsen. Sein Oberkörper glänzte vom Schweiß und seine Haare waren nass, was ihn noch erotischer machte. Leanns Herz klopfte wild. Was sollte sie jetzt tun? Sie spürte ein Kribbeln und Pulsieren in ihrem Unterleib und ihr war, als könnte sie in seinen Augen lesen, dass er sie auch wollte. Wow, sie war eigentlich gar nicht der Typ für so was, aber diesen Mann könnte sie glatt auf der Stelle vernaschen!

Konnte sie in seinen Augen dieselbe Sehnsucht sehen? Ihre Abenteuerlust regte sich und streckte die verschlafenen Glieder und schüttelte sich wach. Was hatte sie schon zu verlieren?

»Das müssen Sie jetzt aber schon wieder gut machen«, antwortete sie mutig frech. Das Grinsen des jungen Mannes wurde breiter.

»Hm, das mache ich gerne, was schwebt Ihnen denn als Wiedergutmachung vor?« Mist, dachte Leann. Jetzt hatte er ihr den Ball wieder zugeworfen. Sie richtete sich auf und stemmte sich auf ihre Unterarme. »Mindestens eine Massage«, sagte sie und zog gekonnt einen Schmollmund.

Der Adonis ihr gegenüber erhob sich und entblößte dabei seine Männlichkeit, sodass Leann die Spucke wegblieb. Wow, was für ein Prachtexemplar! Er kam zu ihr herüber und setzte sich neben sie. »Das mache ich gerne, aber nicht hier«, sagte er mit einem anzüglichen Grinsen. Dann stand er auf und reichte ihr die Hand. Leann nahm sie und ließ sich von ihm auf die Beine ziehen. Sie war ein ganzes Stück kleiner als er. Er musterte sie von oben bis unten und Leann spürte, wie sie rot wurde.

»Ich bin Mark«, sagte er und drückte ihre Hand. »Leann«, antwortete sie und lächelte.

Mark öffnete die Tür und sie gingen hinaus. Verstohlen sah Leann sich um. Es war nicht viel los und niemand beachtete sie. Mark nahm ihre Hand und zog sie sanft hinter sich her in den Ruhebereich. Vom Ruhebereich führte eine Tür in einen Massageraum. Der Ruhebereich war leer und Mark öffnete vorsichtig den Massageraum.

Auch hier war niemand. Er zog Leann hinein, die protestieren wollte, »Wir können doch nicht einfach …«, weiter kam sie nicht, denn Mark nahm sie in die Arme und küsste sie. Wow, konnte der küssen! Leann ließ ihr Handtuch fallen. Ihre Schüchternheit war plötzlich verflogen. Sie spürte Marks Erektion an ihrem Bauch und das ließ ihre Lust im Innern überschwappen.

»Ich schulde dir eine Massage«, sagte er und zeigte auf die Liege im Raum. War das jetzt sein Ernst? Er machte sie heiß und dann wollte er sie erst mal massieren? Aber Mark schien es ernst zu meinen, denn er drehte sie in Richtung der Liege und schob sie sanft darauf. Leann ergab sich und legte sich auf den Bauch. Was dann folgte, ließ Leanns Sinne auf die Reise gehen. Marks Hände konnten zaubern. Er griff sich eine Flasche Massageöl, die herumstand, und massierte ihren Körper sehr gekonnt, bis Leann völlig entspannt war. Dann gingen seine Hände auf die Reise und er führte sie über ihren Po an die Innenseite ihrer Schenkel. Er berührte ihre Schamlippen und Leann hielt die Luft an. Marks Lippen wanderten von ihren Schulterblättern über ihren Rücken, während seine Finger gleichzeitig ihre Schamlippen spreizten und vorsichtig in sie eindrangen. Wow, das war wahnsinnig erregend und Leann fing langsam an, sich unter seiner Stimulation zu winden.

Ihr Unterleib kochte und pulsierte. An Marks Atem konnte sie hören, dass auch er sehr erregt war. Das reichte, sie wollte ihn spüren, und zwar sofort! Leann drehte sich auf der Liege um und sah Mark direkt in die Augen, der sie abermals küsste. Und dieser Mann konnte küssen! Er zog sie sanft von der Liege hoch.

»Komm«, sagte er und nahm ihre Hand. Sie wollte ihn, jetzt!

Mark hob ihr Handtuch vom Boden auf und wickelte es sanft um ihren Körper. Dann schlang er sein Handtuch um seine Hüften und öffnete die Tür. Eine ältere Dame befand sich im Ruheraum, die die beiden verdutzt ansah. Leann musste kichern und auch Mark grinste breit, als er sie, an der Dame vorbei, zu dem großen Whirlpool führte.

Der ältere Herr, der sich vorhin auch in der Sauna befunden hatte, saß im Whirlpool. Ansonsten war der Pool leer. Der Mann beobachtete argwöhnisch, wie Mark Leann das Handtuch abnahm, sein eigenes fallen ließ und Leann in das blubbernde Wasser zog. Himmel, was hatte er vor? Ihr Unterleib war immer noch in Aufruhr und er wollte in den Whirlpool? Fast hätte sie ein kläglich Stöhnen von sich gegeben. Mark zog sie neben sich, ganz nah. Der ältere Herr runzelte die Stirn. Unter Wasser konnte Leann plötzlich Marks Hand zwischen ihren Schenkeln spüren. Wollte er etwa hier? Im Whirlpool? Wo jeder sie sehen konnte? Leanns Herzschlag beschleunigte sich. Das war aufregend, kribbelig! Vorsichtig ging auch ihre Hand unter Wasser auf die Reise und fand seine beachtliche Erektion. Wow!

Dem älteren Herrn wurde das anscheinend unheimlich, denn er stand auf und stolperte aus dem Whirlpool. Mark drehte sich zu Leann und küsste sie leidenschaftlich. Dann hob er sie auf seinen Schoß, endlich! Vorsichtig drang er in sie ein und füllte sie wunderbar aus. Leann wollte aufstöhnen, biss sich aber auf die Lippe. Es waren immer noch Leute in der Nähe. Marks Becken bewegte sich und sein Glied massierte wunderbar ihre empfindlichste Stelle Eine junge Frau kam auf den Whirlpool zu. Sie sah Leann direkt ins Gesicht, runzelte die Stirn und bog dann doch vorher ab. Normalerweise sollte Leann das jetzt peinlich sein, aber sie war viel zu sehr damit beschäftig, ihren sich aufbauenden Orgasmus im Zaum zu halten, ohne laut loszuschreien. In dem Moment, als sie kurz davor war zu zerbersten, hörte Mark plötzlich auf. Was? Sie sah mit weit aufgerissenen Augen zu ihm herunter und blickte in sein grinsendes Gesicht, aus dem sie glühende Augen ansahen. Verdammt, er verstand etwas von seinem Handwerk! Das war frustrierend und geil zugleich. Verstohlen sah sie sich um, es war gerade niemand in der Nähe.

Okay, dachte sie, was du kannst, kann ich auch. Sie blickte ihm tief in die Augen und küsste ihn wild und fordernd, dass ihm die Luft wegblieb. Dann atmete sie tief ein und tauchte in dem blubbernden Pool unter. Sie fand seine Erektion sofort und schloss unter Wasser ihre Lippen darum. Dann saugte sie und ließ ihre Zunge um seine Eichel kreisen. Sie schmeckte den kleinen Lusttropfen und fühlte, wie sein Penis immer härter wurde und immer stärker pulsierte. Bis sie keine Luft mehr hatte und auftauchen musste. Jetzt war sie es, die ihn verschmitzt angrinste. Mit verklärtem Blick grinste er zurück und flüsterte: »Miststück«! Sie sah die Begierde in seinen Augen und feierte innerlich.

Plötzlich packte er sie an den Hüften und zog sie an sich heran. Er drang schnell in sie ein und ihre Libido erwachte so schnell, dass sie nach Luft schnappte. Mit wenigen, festen, Stößen kamen sie gleichzeitig zum Orgasmus. Glücklicherweise war niemand in ihrer unmittelbaren Nähe, denn sie stöhnten beide heftig auf. Zitternd, mit weichen Knien, sank Leann danach auf Mark zusammen und klammerte sich an seinen Hals. An den Hals eines Mannes, den sie bis vor eineinhalb Stunden noch nicht einmal kannte, mit dem sie nur wenige Sätze gewechselt und der ihr gerade den besten Orgasmus ihres Lebens beschert hatte. Marks Hände strichen zärtlich über ihren Rücken. Eine ganze Weile hielten sie so inne, bis beide wieder zu Atem gekommen waren.

So langsam hob sich der Schleier der Lust und Leann realisierte, was gerade passiert war. Oh Mann, hatte sie das wirklich getan? Sie musste kichern, wie unvernünftig! Mark sah sie an und runzelte die Stirn.

»Alles okay?«, fragte er und musste mit kichern. »Ja, ja, alles okay«, lachte Leann. »Danke«, fügte sie hinzu und kletterte von seinem Schoß. Mark sah sie an. »Wohnst du hier im Hotel? Allein?«, fragte er schließlich. »Ja«, antwortete Leann und sah ihn an.

»Ich auch. Gehst du heute Abend mit mir essen?«, wollte er wissen. Leann schmunzelte. »Ja, sehr gern«, antwortete sie, setzte sich neben ihn und lehnte sich entspannt zurück.

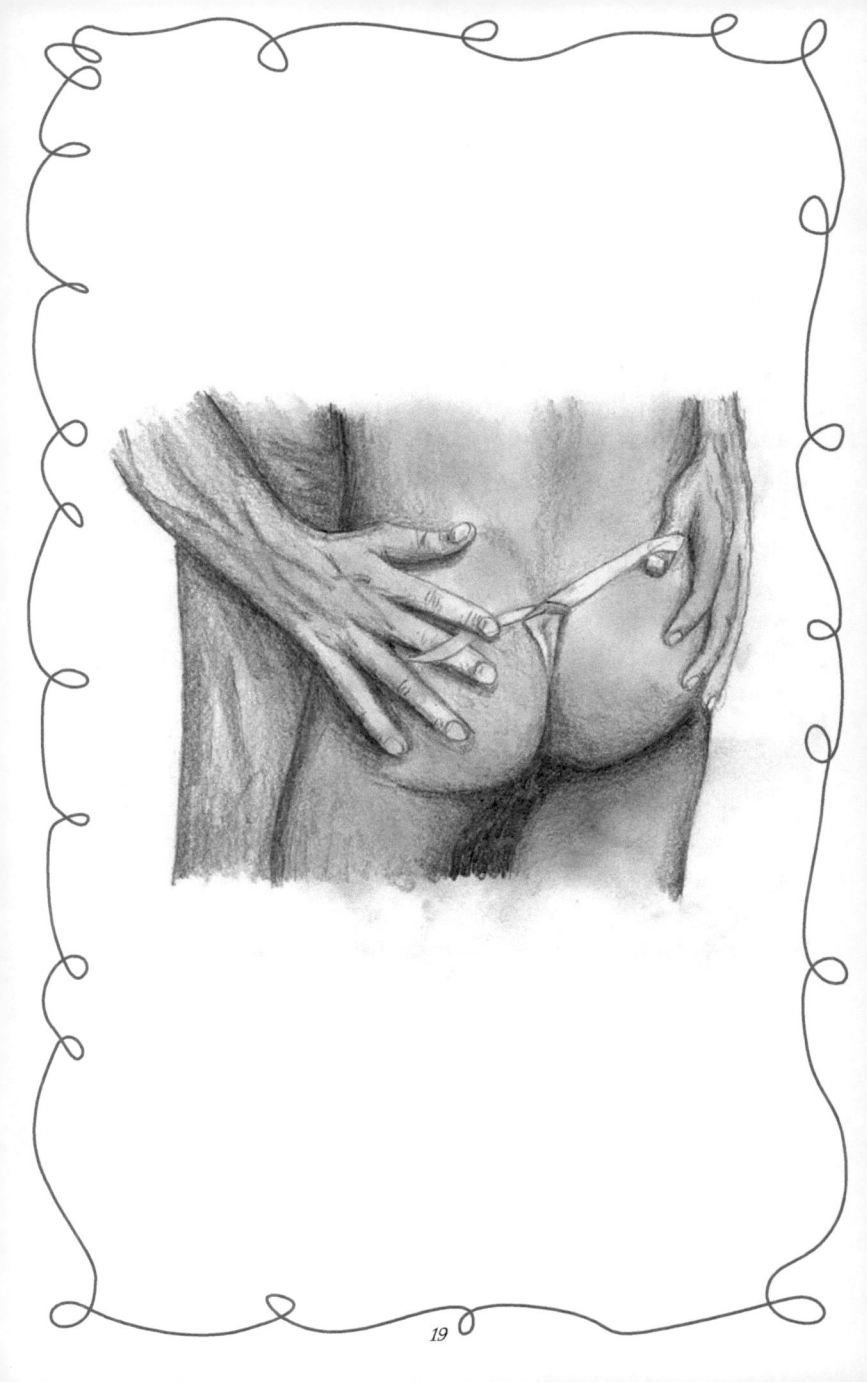

Feuerstuhl

Es war ein verdammt heißer Tag und Romina fuhr die Landstraße, die von ihrer Arbeitsstelle zu ihrem Wohnort führte, in ihrem alten VW Cabrio mit offenem Verdeck. Sie hatte die Musik aufgedreht und freute sich auf den Pool im Garten ihrer Eltern, nachdem sie den ganzen Tag in der Praxis gestanden hatte, die glücklicherweise klimatisiert war. Ihre Laune war bestens und sie sang lauthals die Songs aus dem Radio mit.

Die Landstraße war ruhig, es gab keinen Verkehr, was nicht ungewöhnlich war auf dem Land. Ortsfremde verirrten sich selten in ihr Dreihundertseelendorf, aber Romina liebte es.

Sie war auf der Hälfte der zehn Kilometer langen Strecke angekommen, als ihr Cabrio immer langsamer wurde. Irritiert sah sie auf den Tacho und dann auf die Tanknadel. Oh shit, daran hatte sie überhaupt nicht mehr gedacht, sie hatte doch noch tanken wollen! Es half nichts, der Tank war leer und das Auto rollte, immer langsamer, an den Straßenrand. Na prima, das war mal wieder typisch. Einen Kanister hatte sie natürlich auch nicht dabei und sie steckte im Funkloch. Die nächste Tankstelle war in dem Ort, aus dem sie gerade kam. Bei dieser Hitze zehn Kilometer zurück und dann wieder zu ihrem Wagen laufen war kein besonders verlockender Gedanke. Und schon war es vorbei mit der guten Laune. Gott sei Dank war der Wagen noch an den Straßenrand gerollt, und nicht mitten auf der Straße stehen geblieben. Seufzend stieg Romina aus. Sie steckte noch in ihren Arbeitsklamotten, aber ihr fiel ein, dass sie andere Sachen dabei hatte. Ihre Freundin Sophie hatte ihr vor einigen Tagen ein geliehenes Kleid zurückgegeben, und das war noch im Kofferraum. Es war ein figurbetontes Sommerkleid, was den Spaziergang sicher angenehmer machen würde als Jeans und T-Shirt. Und da hier eh keine Menschenseele vorbei kam, konnte sie sich auch auf der Straße umziehen. Romina öffnete den Kofferraum und holte den Beutel mit dem Kleid heraus. Sie stülpte sich ihr T-Shirt über den Kopf und schlüpfte aus ihren Jeans, sodass sie nur in Unterwäsche auf der Straße stand.

Plötzlich ertönte ein lautes Motorengeräusch in der Ferne, das schnell näher kam. Erschrocken drehte sie sich um und erkannte ein Motorrad, das auf sie zuraste. Toll, und sie stand da in Unterwäsche auf der Straße. Schnell holte sie das Kleid heraus, aber das Motorrad war schneller und hielt neben ihr. Der Fahrer nahm seinen Helm ab und grinste verschmitzt. Romina wäre am liebsten im Erdboden versunken! Noch dazu sah der Typ verdammt gut aus!

»Kann ich Ihnen irgendwie helfen?«, fragte der Typ mit einer sexy sonoren Stimme und hörte dabei nicht auf zu grinsen. Romina lächelte verlegen und wurde rot. Was sollte sie ihm antworten? Jetzt musste sie sich etwas einfallen lassen. Sie atmete tief ein. »Ach wissen Sie, ich stehe eigentlich ganz gerne am helllichten Tag in Unterwäsche mitten auf der Straße. Angezogen und mit vollem Tank fahren, das ist etwas für Weicheier«, sagte sie frech und versuchte dabei ein bisschen arrogant zu wirken, was ihr kläglich misslang. Der Typ grinste immer noch. »Dachte ich mir. Aber wenn Sie wollen, nehme ich Sie gerne trotzdem mit zur nächsten Tankstelle. Ich habe noch einen Helm dabei«, antwortete er freundlich. Romina überlegte. Sein Angebot klang verlockend. »Und ich habe noch etwas zum Anziehen«, witzelte sie und zog sich endlich das Sommerkleid über. »Och, ich hätte Sie auch in Unterwäsche mitgenommen«, sagte er und zwinkerte ihr zu. Dann stieg er ab und holte einen Helm aus dem Case. Romina hängte sich noch schnell ihre Handtasche um. Sie hatte den Typen noch nie hier gesehen.

»Ich habe Sie hier noch nie gesehen und eigentlich kenne ich alle Menschen hier«, fragte sie neugierig. Er sah sie an und hielt ihr die Hand hin. »Ich bin Steven und ich bin nur auf der Durchreise«, antwortete er wenig informativ und zwinkerte ihr zu. »Romina«, sagte sie und nahm die Hand. Er drückte sie leicht und fuhr mit seinem Daumen über ihren Handrücken, was ein elektrisierendes Gefühl hinterließ. »Na dann komm, Romina«, flüsterte er fast und zog sie zu sich heran. Wow, der fackelte aber nicht lange! Wenn er nicht so unverschämt attraktiv gewesen wäre, hätte sie sich wohl sehr schnell zurückgezogen, aber das tat sie nicht. Ihr gefiel der Gedanke, dass er sie anziehend fand.
Steven führte sie um sein Motorrad herum und setzte ihr den Helm auf. Dabei sah er ihr tief in die Augen, was ein heftiges Kribbeln in Rominas Magengegend hervorrief. Steven schwang sich auf sein Motorrad und wies Romina an, sich hinter ihn zu setzen. Romina stieg hinter ihm auf und legte ihre Arme um seine Hüften. Sie schmiegte ihren Körper eng an seinen Rücken und spürte seine Muskeln. Wow, dachte sie. »Startklar?«, rief Steven von vorne und sie antwortete: »Startklar!« Steven startete die Maschine und Romina musste sich festhal-

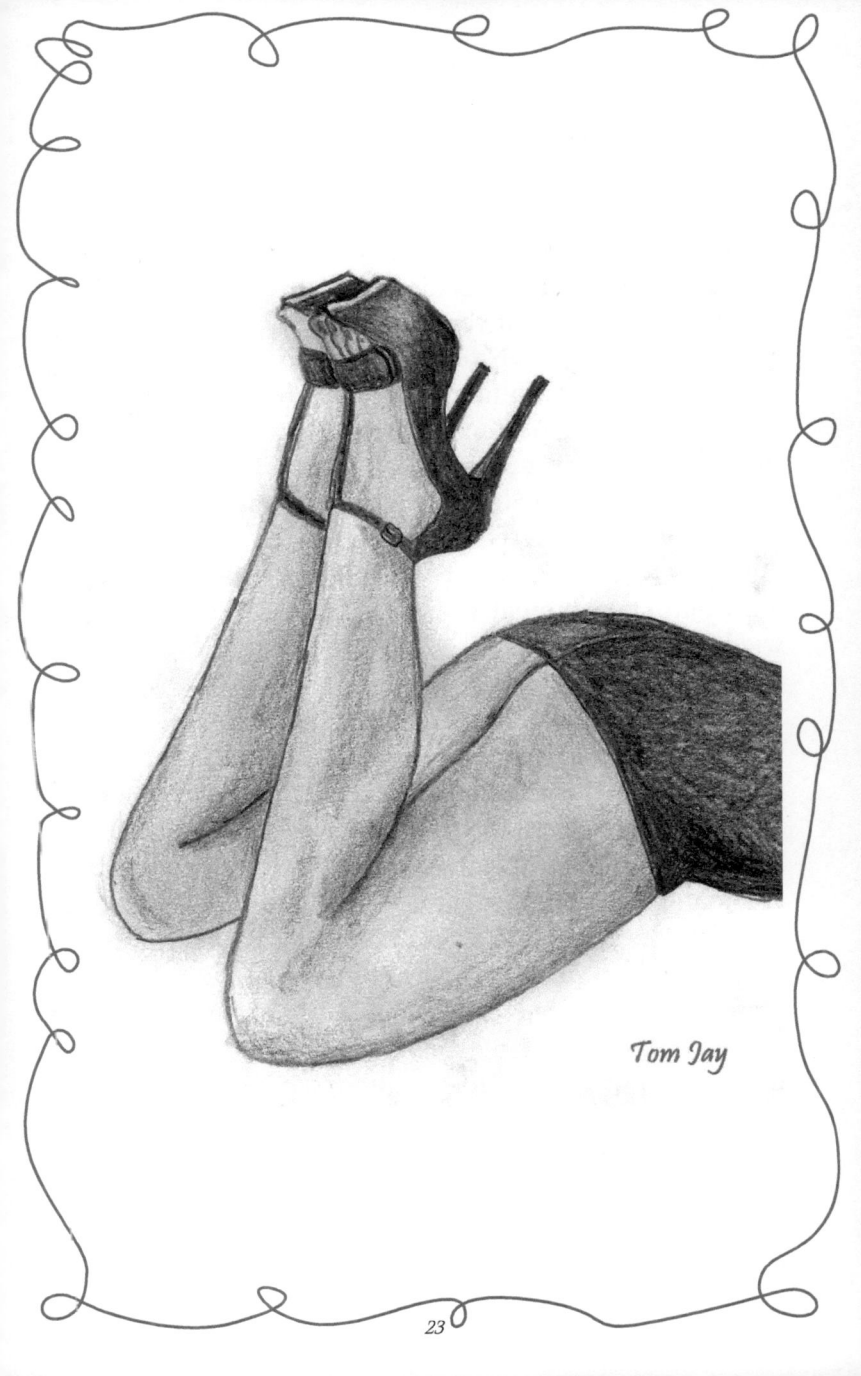

ten, um nicht hinten herunter zu fallen, als das Motorrad losschoss. Der Fahrtwind blies ihr Stevens Geruch in die Nase und gepaart mit dem Gefühl seines Körpers unter ihren Händen, weckte es eine große Sehnsucht in ihr.

Die Fahrt war viel zu schnell zu Ende, als sie in die Tankstelle fuhren. Romina stieg ab und nahm den Helm von ihrem Kopf. Steven tat dies ebenfalls und lächelte sie an. Für einen Moment versank sie in seinen Augen, bis er schließlich sagte: »Na komm, hol dir einen Kanister mit Benzin und dann fahre ich dich zurück.«

Romina lief in die Tankstelle und kaufte einen Kanister, um diesen mit Benzin zu füllen. Die ganze Zeit wurde sie dabei von Steven beobachtet, was sie schrecklich nervös machte. Als sie fertig war, ging sie wieder zu ihm. Der Kanister war recht schwer in ihrer Hand, aber das wollte sie sich nicht anmerken lassen. Steven grinste wieder unwiderstehlich.

»Steigst du wieder auf? Geht das mit dem Kanister?«, fragte er fürsorglich und setzte ihr den Helm auf. Romina mochte, wie er mit ihr umging. »Für die paar Meter wird es gehen«, sagte sie und kletterte hinter ihn. Jetzt konnte sie ihn nur mit einem Arm umfassen. Steven fuhr vorsichtig los. Der Fahrtwind wehte Romina den angenehmen Geruch von Steven in die Nase und die Fahrt war wieder viel zu schnell vorbei. Steven bremste hinter dem Cabrio. Würde er sie jetzt absetzen und weiterfahren und sie würde ihn nie mehr wiedersehen? Das musste sie verhindern! Sie stieg ab und blieb einen Moment unsicher neben dem Motorrad stehen. Steven kletterte vom Sitz, nahm erst seinen und dann Rominas Helm ab und zwinkerte ihr zu. »Soll ich dir noch das Benzin in dein Auto füllen?«, fragte er. »Das wäre toll«, antwortete sie schnell. Steven nahm ihr den Kanister ab und füllte das Benzin ins Auto. Dann stellte er den leeren Behälter auf die Rückbank des Cabrios und kam auf Romina zu. Er stand ganz dich dicht vor ihr und sah ihr direkt in die Augen. Um sie herum ging langsam die Sonne unter. »Und jetzt?«, fragte er, und ein verführerisches Lächeln umspielte seine Lippen. »Ich weiß nicht, ich will nicht, dass du weggehst«, antwortete Romina schwach. Steven lächelte, hob ihr Kinn an und küsste sie sanft. Rominas Herz fing an zu rasen, Steven küsste sensationell! Automatisch presste sie sich an ihn. Ihre Hände wanderten über seine muskulöse Brust. Um sie herum wurde es immer dunkler. Die Sonne verschwand rot am Horizont. Als der Kuss endete, sah Steven Romina in die Augen. Sein Blick war sanft, aber auch fordernd. Und auch wenn das eigentlich gar nicht ihre Art war, wusste sie, dass sie ihn wollte, jetzt!

Sie presste sich an ihn und konnte seine Erektion spüren. Sofort kribbelte und zuckte es in ihrem Unterleib. Steven entwich ein leises Stöhnen, er küsste Romina erneut, mit mehr Leidenschaft und immer fordernder. Seine Hand wanderte ihren Oberschenkel hinauf zu ihrem Po und umfasste ihre Backen. Er presste sich an sie und ihre Lust steigerte sich ins Unermessliche. Sie standen mitten auf der Straße, aber das war ihr völlig egal. Stevens Zunge erforschte ihren Mund und sie saugte lustvoll daran. Abrupt hob Steven sie hoch und trug sie zur Motorhaube ihres Cabriolets. Langsam legte er sie darauf und hörte dabei nicht auf, sie zu küssen. Rominas Körper stand in Flammen! Er schob mit der einen Hand ihren Rock hoch und mit der anderen streifte er die Träger ihres Sommerkleides von ihren Schultern. Er löste sich kurz von ihr und bewunderte ihre kleinen, festen Brüste, deren Brustwarzen sich ihm lustvoll entgegen reckten. Dann beugte er sich vor, um mit seiner Zunge ein verführerisches Spiel mit ihnen zu spielen. Romina blieb die Luft weg, sie konnte es gar nicht abwarten, mehr von ihm zu spüren. Sie fasste zwischen seine Beine und ertastete seine feste, große Männlichkeit. Mit zittrigen Fingern löste sie die Gürtelschnalle und den Hosenknopf, um ihre Hand dann in seine Hose gleiten zu lassen und seine Erektion zu umfassen. Steven stöhnte auf, was sie nur noch mehr erregte. Sie spürte seine Hand zwischen ihren Beinen und schließlich genau an der Stelle, die vor Lust nur so brodelte. Sanft drang sein Finger in sie ein und massierte ihre empfindlichste Stelle. Romina wand sich unter dieser Liebkosung.

Kurz bevor er sie zum Höhepunkt hätte bringen können, quälte sie sich ein bisschen selbst und entzog sich ihm. Sie wollte seine Männlichkeit mit dem Mund verwöhnen, ihn schmecken und in den Wahnsinn treiben, wie er es mit ihr getan hatte. Ihre Lippen umschlossen sein Glied und Stevens Körper spannte sich an. Er vergrub seine Finger ihn ihren Haaren und sie spürte seine unermessliche Erregung. Ihre Zunge spielte mit seiner Lust, und als sie spürte, wie es in ihrem Mund schon zu pulsieren begann, schnappte er sie plötzlich, drückte sie auf die Motorhaube, umfasste ihre Oberschenkel und drang stöhnend in sie ein. Ihre Lust explodierte in diesem Moment und, während er sich immer schneller in ihr bewegte, fanden sie schließlich, kurz nacheinander, ihre Erlösung. Steven legte sich auf sie, vergrub sein Gesicht an ihrem Hals und atmete heftig.

»Du bist der Wahnsinn«, flüsterte er atemlos. Romina lächelte. Sie hatte noch nie so ein spontanes, sexuelles Erlebnis gehabt, aber irgendetwas sagte ihr, dass es nicht das letzte Abenteuer mit Steven gewesen sein sollte.

Noelias Traum

Es roch nach Blumen, und Grashalme kitzelten Noelia an ihren Handflächen. Sie war nur leicht bekleidet und lag auf einer wunderschönen Blumenwiese. Sie fühlte sich entspannt, unbeschwert und seltsam kribbelig. Ein Windhauch streifte über ihren halb nackten Körper.

Plötzlich spürte sie etwas an ihren Füßen, etwas Erregendes! Als sie an sich herunter schaute, sah sie in strahlend blaue Augen. Die Augen von Mike, ihrem attraktiven Nachbarn! Seine Hände fuhren langsam ihre nackten Beine entlang und hinterließen eine Spur von Gänsehaut. Noelia schloss die Augen und fühlte, wie seine Hände immer weiter nach oben wanderten und seine weichen Lippen ihren Bauch küssten.

Plötzlich waren da auch Lippen auf ihrer Stirn. Sanfte Lippen küssten ihre Nasenspitze und ihren Bauchnabel. Das konnte eigentlich gar nicht sein, fühlte sich aber so wahnsinnig schön an, dass Noelia ihre Augen nicht öffnen wollte. Überall auf ihrem Körper waren Hände und Lippen, wurde sie verwöhnt und gequält. Sie ließ sich einfach fallen, dachte nicht darüber nach, was da gerade geschah, sondern genoss es einfach!

Sanfte Finger fanden ihren Weg zu ihrer feuchten Mitte und massierten ihre empfindlichste Stelle. Eine forsche Zungenspitze unterstützte das Fingerspiel und Noelia stöhnte sehnsüchtig auf. Und wäre das nicht schon kribbelnd genug, so spürte sie auch eine verwegene Zunge an ihren Brustwarzen und Lippen, die an ihnen saugten. Noelia hatte das Gefühl, innerlich vor Lust zu zerbersten! Wem gehörten diese Lippen an ihrer Brust? Ihr Becken beugte sich den Liebkosungen entgegen und sie schlug die Augen auf. Sie erkannte Shawn, ihren amerikanischen Kollegen, den sie nur von Fotos und von E-Mails kannte und für den sie heimlich schwärmte. Zwei Traummänner liebkosten und verführten sie nach allen Regeln der Kunst. Ihre Lust steigerte sich in schwindelnde Höhen und als sie plötzlich das Gefühl hatte, sie würde zerbersten, ihr Körper würde in tausend kleine Teile zerspringen, in diesem Moment fand sie zitternd ihre Erlösung.

Um sie herum drehte sich alles und sie schien in einen Strudel gezogen zu werden. Durch diesen Strudel drang ein Geräusch zu ihr. Ein Geräusch, das immer lauter und nerviger wurde und das eben noch so wunderbare Gefühl zerstörte. Es dauerte einen Moment, bis ihr klar wurde, dass es ihr Wecker war, der sie unsanft in die Realität zurückholte. Sie tauchte auf, aus diesem wundervollen Traum, der so schön, so real, aber auch so unwahrscheinlich gewesen war. Sie war entspannt, befriedigt und ein bisschen traurig, als sie nach ihrem Wecker tastete und ihre Augen öffnete.

Die Sonne schien durch die Rollladenschlitze und versprach einen schönen Tag. Noelia streckte sich. Sie musste aufstehen und ins Büro fahren. Vielleicht würde ihr im Hausflur ja Mike begegnen, wie so oft. Sie schmunzelte bei dem Gedanken. Im Büro würde sie als Erstes eine E-Mail an Shawn schreiben. Sie streckte ihre nackten Füße aus dem Bett, schlug die Bettdecke beiseite und startete gut gelaunt in den Tag.

Überraschung im Dunkeln

Maya schloss die Tür auf. Leon schien nicht da zu sein, stellte sie enttäuscht fest.

Ihr fester Freund besaß einen Wohnungsschlüssel und sie hatte insgeheim gehofft, er würde da sein, wenn sie vom Sport nach Hause kam. Er hatte am Telefon bereits angedeutet, dass er seinem Vater helfen musste, und vermutlich nicht mehr kommen würde. Aber die Hoffnung starb ja bekanntlich zuletzt.

Maya war erst seit drei Monaten mit Leon zusammen und unendlich verliebt in den gut aussehenden Halb-Spanier, den sie in einer Bar kennengelernt hatte. Er verdiente sich dort neben seinem Medizinstudium seinen Lebensunterhalt. Als sie ihn das erste Mal hinter der Bar gesehen hatte, war sie sofort Feuer und Flamme gewesen. Wie er da stand, mit seinen muskulösen, sonnengebräunten Armen und den Grübchen in den Wangen, die sich zeigten, wenn er die weiblichen Gäste anlächelte. Reihenweise Damen hingen nur seinetwegen an der Bar herum und schmachteten ihn an. Maya musste schmunzeln. Unfassbar, dass er jetzt ausgerechnet mit ihr zusammen war. Wenn sie daran dachte, wie er sie das erste Mal geküsst hatte, überschlugen sich die Schmetterlinge in ihrem Bauch.

Sie ging ins Bad und streifte sich die Kleidung vom Körper. Nach dem langen Tag, und der intensiven Trainingseinheit, würde eine heiße Dusche jetzt sicher gut tun. Für einen Moment betrachtete sie sich nackt im Spiegel. Das Training zeigte langsam Wirkung, sie war ganz zufrieden mit dem, was sie sah. Aber es war sicher auch ihre Liebe zu Leon, die sie so strahlen ließ.

Sie stieg in die Duschkabine und drehte das Wasser auf. Heiß prasselte es auf ihren Körper und tat unheimlich gut. Sie schloss die Augen und genoss das Gefühl. Als sie die Augen wieder öffnete, war es plötzlich dunkel um sie herum! Kurz war sie irritiert. War der Strom ausgefallen? Es war wirklich stockfinster, da sie kein Fenster im Bad hatte. Plötzlich hörte sie, wie sich die Duschkabinentür öffnete und sich ein warmer, nackter Körper von hinten an sie presste. Sie wusste, es war Leon! Sofort schlugen all ihre Erotikantennen Alarm und sie zitterte vor Lust. Sie spürte seinen warmen Atem in ihrem Nacken und seine weichen Lippen auf ihrer Schulter. Seine Hände umschlossen von hinten ihre Brüste und stimulierten sanft ihre Brustwarzen. Das heiße Wasser prasselte immer noch auf sie herab und verstärkte das Gefühl. Ein sehnsüchtiges Stöhnen entwich ihren Lippen.

Leons Körper schmiegte sich enger an sie und sie spürte seine Erektion an ihrem Po. Sie fasste nach hinten und umschloss seine Männlichkeit mit ihren Fingern. Leons Atem ging stoßweise an ihrem Ohr, während er ihren Hals küsste. Wow, war das spannend im Dunkeln. Alles war viel aufregender, man nahm den Anderen viel intensiver wahr. Zwischen ihren Beinen pulsierte es und sie konnte es kaum erwarten, Leon in sich zu spüren. Sie wollte sich umdrehen, aber Leon hielt sie fest. Scheinbar wollte er sie noch ein wenig zappeln lassen. Seine Hände wanderten von ihren Brüsten über ihren Bauch, zwischen ihre Beine und berührten die heiße, empfindliche Stelle, das Zentrum ihrer Lust. Am liebsten hätte sie aufgeschrien vor Verlangen und biss sich auf die Lippen. Er massierte sie, sanft und dann immer intensiver. Sie drückte ihren Po an seine Erektion und ließ ihr Becken kreisen, um ihn ebenfalls zu stimulieren. Ihre Körper bewegten sich simultan, rieben sich aneinander und verschmolzen beinahe vollkommen miteinander. Maya konnte es nicht mehr ertragen, sie wollte ihn endlich spüren. Sie versuchte erneut sich umzudrehen und diesmal ließ er es zu. Ein Lichtspalt kam unter der Tür hindurch und Sie erkannte, durch die Wassertropfen im Dunkeln, schemenhaft sein hübsches Gesicht. Er lächelte. Sie schloss ihre Augen wieder und ihre Lippen fanden sich. Seine Zunge drängte sich in ihren Mund und spielte mit ihrer Zungenspitze. Ja, küssen konnte er!

Dennoch löste sie sich von ihm und ging in die Hocke. Ihre Lippen umschlossen seine Männlichkeit und durch das prasselnde Wasser hindurch konnte sie sein Stöhnen hören. Ihre Zunge spielte mit seiner Eichel, leckte sie, um im nächsten Moment wieder an ihr zu saugen. Sie spürte, wie seine Erektion in ihrem Mund pulsierte und wusste, dass er kurz vorm Höhepunkt war. Jedes Mal, wenn sie das Gefühl hatte, ihn so weit zu haben, hörte sie auf. Es machte Spaß, mit ihm zu spielen und ihn wahnsinnig zu machen. Sie grinste in sich hinein.

Irgendwann schien Leon den Spieß umdrehen zu wollen, denn er packte sie unter dem Kinn und zog sie zu sich hoch. Er küsste sie stürmisch und drückte sie an die Wand, um im nächsten Moment ebenfalls in die Knie zu gehen. Er spreizte ihre Schenkel und seine Zungenspitze wanderte zu ihrer empfindlichsten Stelle, um mit ihr zu spielen Maya bekam weiche Knie, sie konnte sich kaum noch auf den Beinen halten vor Erregung.

Kurz bevor sie dachte, sie müsse in tausend kleine Scherben zerspringen vor Lust, kam er endlich wieder zu ihr hoch. Er küsste sie leidenschaftlich und sie konnte ihre eigene Lust schmecken. Mit einem Bein umschlang sie seine Hüfte und seine Männlichkeit fand sofort den richtigen Weg und drang in sie ein. Sie stöhnten beide laut auf. Leon umfasste ihre Pobacke und bewegte sich rhythmisch und tief in ihr. Ihre Erregung wuchs sekündlich und sie küssten sich wild.

Gemeinsam ritten sie auf einer Welle der Lust, bis zur Ekstase, auf deren Spitze sie endlich, nacheinander, ihre Erlösung fanden.

Zitternd fiel Maya in Leons Arme. Sie hatte weiche Knie und konnte sich kaum halten. Leon hielt sie fest und küsste ihren Hals und ihre Schultern. »Ich liebe dich«, flüsterte er. Mayas Herz klopfte wild, das war das erste Mal, dass er das zu ihr sagte! Sie spürte, wie eine Träne ihre Wange hinunter lief. »Ich liebe dich auch«, flüsterte sie mit gebrochener Stimme. Sie war so glücklich! Es war immer noch stockdunkel, aber Leon bemerkte ihre Tränen sofort. Er küsste sie sanft weg und streichelte ihre Wange.

»Hey, nicht weinen«, sagte er sanft. »Ich bin so glücklich«, schluchzte Maya und vergrub ihr Gesicht an seinem Hals. Eine ganze Weile standen sie so da, unter der laufenden Dusche, und hielten sich fest. Irgendwann drehte Leon das Wasser aus. »Es war wahnsinnig schön mit dir hier im Dunkeln, unter der Dusche, aber jetzt möchte ich gerne in einem trockenen Bett mit dir kuscheln«, sagte er sanft. Er löste sich von Maya und öffnete die Duschtür. Kalte Luft kam herein und Maya fröstelte. Leon knipste das Licht an, nahm ein Handtuch aus dem Regal und legte es um ihre Schultern. Jetzt konnte sie ihn endlich richtig sehen. Seine Augen glänzten und strahlten sie an. Er wickelte sich ein Handtuch um die Hüften, küsste Maya zart und nahm sie ganz plötzlich auf seine Arme, dass sie vor Überraschung kichern musste. Behutsam trug er sie ins Schlafzimmer und legte sie aufs Bett. Als er sich neben sie fallen ließ und ihr tief in die Augen sah, wusste Maya, dass er der Mann war, mit dem sie ihr Leben verbringen wollte.

Telefongeflüster

Seufzend legte Isa sich auf das Bett in ihrem Hotelzimmer. Sie fühlte sich einsam, so weit weg von zu Hause, so weit weg von Ben. Morgen würde sie wieder nach Hause fahren, nach drei Tagen Schulung. Sie griff nach ihrem Handy und wählte Bens Nummer aus. Er ging sofort ran. »Hey Schatz, wie war dein Tag?«, fragte er fröhlich. »Ganz gut, aber du fehlst mir«, antwortete sie ein wenig geknickt. »Ach Süße, du fehlst mir auch, aber morgen haben wir uns doch wieder«, antwortete er sanft. Isa streckte sich auf dem Bett aus. Wie gerne hätte sie Ben jetzt neben sich liegen.

»Ich hätte dich jetzt gern hier, das Bett ist viel zu groß für mich allein«, sagte sie. »Hmm, ich hätte da eine Idee«, antwortete Ben. »So? Was denn für eine?«, fragte Isa neugierig, obwohl sie schon eine Vorahnung hatte. »Lehn dich mal zurück und mach die Augen zu«, flüsterte Ben am anderen Ende und sofort wurde Isa warm. Sie löschte das Licht neben ihrem Bett und schloss die Augen. »Okay«, flüsterte sie in den Hörer.

»Spürst du, dass ich neben dir liege?«, raunte Ben. Isa stellte sich vor, Ben räkelte sich neben ihr und sie hatte tatsächlich das Gefühl, sie könnte ihn spüren. »Ich spüre dich. Ich streiche gerade mit einem Finger über deinen Hals. Du hast so einen schönen, langen Hals«, sagte Ben sanft. Isa seufzte. Sie liebte es, wenn Ben sie berührte. »Jetzt küsse ich deinen Hals«, redete er weiter.

»Was hast du gerade an?«, fragte er. »Eine weiße Bluse und einen grauen Rock«, flüsterte Isa und spürte, wie ihr vor Verlangen, immer wärmer wurde. »Dann knöpfe ich dir jetzt deine Bluse auf und küsse dabei dein Schlüsselbein«, wisperte Ben. Isas Hand ging zu ihrer Bluse, sie knöpfte sich einen Knopf nach dem anderen auf und stellte sich vor, es wäre Ben. Ihr Herz klopfte, sie war richtig aufgeregt. »Kannst du mich spüren?«, fragte Ben. »Ja, ganz deutlich«, antwortete Isa. Dann fügte sie hinzu: »Und du, kannst du mich auch spüren? Ich schiebe gerade meine Hände unter dein Shirt und kraule deine Brust«. Wow, das war cool, es knisterte regelrecht in der Telefonleitung. »Hmm, ja, ich spüre dich«, raunte Ben.

»Spürst du meine Lippen jetzt auf deiner Brust?«, fragte er weiter. Isa streichelte ihre Brüste und stellte sich vor, es seien Bens Hände. »Meine Zunge spielt gerade mit deiner Brustwarze ... du riechst so gut«, redete Ben weiter. Es war unfassbar, was man sich alles vorstellen konnte, wenn man nur wollte! Isa knetete sanft ihre Brustwarzen, und ihr Unterleib fing an zu pulsieren. »Ich knöpfe gerade deine Jeans auf, spürst du, wie meine Hände in deine Hose gleiten?«, flüsterte sie mutig zurück. Ein leises Stöhnen kam aus dem Telefonhörer und sie erkannte am Ton, dass Ben ehrlich erregt war. Das wiederum, erregte sie noch mehr!

»Deine Bluse habe ich jetzt ganz aufgeknöpft und meine Lippen wandern weiter runter, zu deinem Bauchnabel«, wisperte Ben heiser. Isa konnte seine Zunge im Bauchnabel wirklich spüren. Ja, sie bildete sich sogar ein, ihn riechen und seine Wärme fühlen zu können. »Spürst du meine Hand? Wie ich dich massiere?«, fragte Isa. »Oh mein Gott, ja, ich fühle es«, raunte Ben abermals.

»Meine Zunge ist mittlerweile zwischen deinen Schenkeln angekommen«, fuhr er fort. Isa schob ihre Hand in den Bund ihres Rockes, immer weiter, bis zwischen ihre Schenkel. Sie war feucht und ihre eigene Berührung dort unten erregte sie. Sie kannte ihren Körper gut und wusste genau, wo sie sich berühren musste. Ihr Finger fand sofort die richtige Stelle, die sie massieren musste. Sie hörte Ben leise stöhnen und wusste, dass auch er gerade in seine Welt eintauchte. Gedanklich schliefen sie miteinander und befriedigten sich in Wirklichkeit selbst. Jeder konnte die Lust des Anderen durch das Telefon hören und wurde dadurch noch erregter.

So ritten sie sich gemeinsam und doch getrennt, zum Höhepunkt. Als Isa Ben am anderen Ende laut aufstöhnen hörte, wusste sie, dass er soweit war und im selben Moment konnte sie auch nichts mehr halten. Sie explodierte in einem wunderbaren Orgasmus, und als die Woge der Lust langsam abebbte, sank sie erschöpft in die Kissen. Sie hörte Ben leise atmen.

»Schatz?«, fragte sie leise. »Ich bin noch da. Danke, für dieses intensive Erlebnis. Ich freue mich schon, wenn du morgen wieder da bist und wir das Ganze noch einmal richtig durchleben können«, flüsterte Ben liebevoll. »Oh ja, darauf freue ich mich auch«, flüsterte Isa müde. »Ich liebe dich«, raunte Ben, »schlaf gut mein Schatz.«

»Ich liebe dich auch«, sagte Isa und spürte, wie eine unheimlich befriedigende Müdigkeit sie übermannte. »Gute Nacht«, raunten sie fast gleichzeitig und legten auf. Isa lag, halb angezogen auf dem Bett und grinste. Dann streifte sie sich schnell ihre ganzen Klamotten vom Körper und wickelte sich nackt in die Bettdecke. So eingekuschelt glitt sie in einen tiefen, erholsamen Schlaf.

Heißer Sand

Mit klopfendem Herzen ging Gina neben Nevio her. Sie war auf dem Weg in zu ihrem ersten One-Night-Stand in Lloret de Mar und sie hatte ihre Freundinnen einfach im Tropics stehen gelassen!

Als Nevio die Tanzfläche betreten hatte und seine braunen Augen sie fixierten, war sie sofort Feuer und Flamme gewesen. Der hübsche Italiener wusste genau, was er wollte. Er war auf sie zugekommen und hatte sie ohne zu fragen einfach an sich gezogen und mit ihr getanzt. Sie tanzten eine Weile heiß miteinander, wobei Gina ganz kribbelig wurde. Er hatte so eine Ausstrahlung und bewegte sich so gut, dass sie ihm einfach nicht widerstehen konnte. Außerdem roch er unheimlich gut.

Sie hatten kaum ein Wort gewechselt, nur getanzt, als er sie auf Englisch nach ihrem Namen fragte und ob sie mit ihm an den Strand gehen wolle. Sein Blick sprach Bände und ihr Unterleib war in Aufruhr. Sie überlegte nicht, sagte einfach ja. Sie schaffte es gerade noch, ihren Freundinnen zuzuwinken, die ihr ungläubig nachsahen, als er sie an die Hand nahm und aus der Disco zog. Kaum vor der Tür angekommen, schnappte er sie und küsste sie, dass ihr die Luft wegblieb. Seine Hände packten ihren Po und er presste sein Becken an sie, dass sie seine Erektion spüren konnte. Wow! Gina hatte noch nie so etwas empfunden, so eine Lust auf einen fremden Mann! Er löste sich von ihr und zwinkerte ihr zu. Dann nahm er wieder ihre Hand und zog sie sanft hinter sich her zum nahe gelegenen Strand. Sie gingen ein paar Schritte über den Sand, überall lagen Pärchen herum. Aber Nevio schien sich nicht dazu legen zu wollen. Er blieb einen Moment stehen, um sie wieder zu küssen. Dann riss er sie plötzlich an sich, nahm sie auf die Arme und trug sie zum Wasser.

Hier vorne war weniger los. Gina hörte das Rauschen der Wellen und spürte den milden Wind auf ihrer Haut. Ihre Ballerinas rutschten von ihren Füßen und Nevio setzte sie ab, mit den Füßen ins Wasser. Er zog sich ebenfalls die Schuhe aus und kam ihr nach. Irgendwie war das alles furchtbar romantisch, sie sprachen die ganze Zeit kein Wort miteinander. Stattdessen küsste Nevio sie wieder, hob sie hoch, und sie schlang ihre Beine um seine Hüften.

Er lief weiter mit ihr und ließ sie wieder herunter, als er bis zu den Hüften im Wasser stand. Da sie kleiner war als er, reichte ihr das Wasser bis zum Bauchnabel und ihr Rock schwamm um ihre Taille. Nevio griff nach ihrem Po und massierte ihn. Dann glitten seine Hände nach vorne, zwischen ihre Beine und massierten ihre Klitoris. Gina war wahnsinnig erregt und machte sich an Nevios Gürtel zu schaffen.

Sie öffnete ihn und ihre Hand glitt in seine Hose und fand seine erregte Männlichkeit. Sie umfasste und massierte sie, sodass Nevio die Augen schloss und heftig atmete. Sie vergaßen alles um sich herum. Gegenseitig stimulierten sie sich beinahe bis zum Höhepunkt und küssten sich wild. Kurz bevor Ginas Erregung ihren Gipfel erreichte, nahm Nevio sie wieder auf seine Arme und trug sie aus dem Wasser. Er legte sie in den feuchten Sand, streifte ihren nassen Rock von ihren Hüften und schlüpfte aus seiner Jeans, die an seinem Körper klebte. Dann legte er sich neben sie und küsste sie.

Gina konnte es nicht mehr erwarten, sie setzte sich auf und zerrte Nevio die Boxershorts von den Hüften. Dann schlüpfte sie aus ihrem Slip. Das Wasser schwappte über sie, und Gina schwang ihre Beine über Nevio und setzte sich auf ihn. Sein Glied glitt in sie hinein und füllte sie wunderbar aus. Sie sah auf ihn hinab und bewunderte das erregte Glitzern in seinen schönen Augen. Langsam bewegte sie sich auf ihm und spürte ihre Erregung sofort wieder aufsteigen. Nevio schloss seine Augen und nahm ihre Hände. Ihre Finger verschränkten sich ineinander. Auch Nevios Hüften bewegten sich und sie fanden einen wunderbaren gemeinsamen Rhythmus. Die Erregung steigerte sich schnell und Nevio richtete sich auf.

Er zog Ginas T-Shirt über den Kopf und umfasste ihre hübschen, festen Brüste, die keinen BH brauchten. Seine Lippen umschlossen ihre harten Brustwarzen und Gina wurde schwindelig vor Lust. Ihre Bewegungen wurden schneller und so ritten sie gemeinsam zum Höhepunkt und fanden ihre Erlösung. Erschöpft sank Gina auf Nevios Brust und er streichelte zärtlich ihren Rücken. Der Schleier der Lust lüftete sich langsam und Gina hob ihren Kopf, um Nevio anzusehen. Was würde nun aus ihnen werden? War das wirklich nur ein One-Night-Stand? Bei dem Gedanken bekam ihr Herz einen Stich. Sie sah ihn an und … Nein, in seinen Augen konnte sie erkennen, dass auch mit ihm etwas passiert war. Erleichtert lächelten beide und ihre Lippen fanden sich abermals zu einem innigen Kuss.

Sinnliche Gedichte

Sprache der Liebe

Hände, Lippen,
In Ekstase kippen
Gerüche, Gefühle,
Zärtliches Gewühle,

Küssen, schmecken,
An den Lippen lecken,

Die Körpersprache der Liebe,
Lässt sich nicht verstecken.

Lippenbekenntnisse

Wenn Lippen sich finden,
Voll Sehnsucht und Verlangen,
Dann ist man schnell, in einem
Rausch gefangen.

Nichts ist intimer,
Als Lippen, die sich küssen,
Die sich gefunden
Und nicht mehr suchen müssen.

Das tiefe Gefühl

Wenn die Gedanken kreisen,
Und das Herz zu klopfen beginnt.

Wenn man vor Sehnsucht zerfließt,
Und jeder andere Gedanke zerrinnt.

Wenn nichts mehr zählt,
Als diese eine Person,
Das tiefe Gefühl Liebe,
Gibt an den Ton.

Verboten

Verstohlene Blicke,
Ein heimlicher Kuss,
Das schlechte Gewissen,
Mit dem man leben muss.

Unbändiges Verlangen,
Entgegen jeder Vernunft,
In dem Gefühl gefangen,
Verbaut man sich die Zukunft?

Die Liebe hat viele Gesichter,
Und erkennt man diese nicht an,
Erlöschen dann die Lichter?

Küss mich

Küss mich,
Lass mich dich schmecken,
Lass mich an deinen Lippen lecken.

Ich will dich fühlen,
Will dich spüren,
Mit dir eine besondere Beziehung führen!

Nimm mich,
So wie ich bin,
Streichel all meine Sorgen dahin!

Lieb mich,

*Von ganzem Herzen,
Und vorbei sind auf ewig,
Die seelischen Schmerzen!*

Im Traum

Im Traum bin ich dir begegnet,
Du hast mich geküsst,
Es hat geregnet.

Im Traum habe ich dich berührt,
Ich bin sicher,
Du hast es gespürt.

Im Traum hatte ich Sex mit dir,
Hingebungsvoll, laut,
Auf dem Klavier.

Frühling

Sonnenschein und Vogelgesang,
Frühlingsgefühle,
Liebe ohne Zwang.

Auf einer Wiese will ich dich lieben,
Will dich überall küssen,
In meinen Armen wiegen.

Ich will sehen, wie die Sonne dich küsst.
Wie du dahin treibst mit mir,
Auf einer Woge der Lust!

Himmelsleiter

Weiter, immer weiter,
Klettere ich hinauf,
Die Himmelsleiter.

Näher, immer näher,
Führt mich der Weg zu dir,
Klopfe ich an deine Himmelstür.

Denn wie im Himmel fühle ich mich in deinen Armen,
Deine Lippen schenken mir endlich Erbarmen.

Nimm mich, für immer,
Jetzt und hier,
Als Dank bleibe ich für immer bei dir.

Sommerwind

Wenn der Sand durch meine Finger rinnt,
Wenn meinen Körper umspielt der Sommerwind,
Wenn die Sonne küsst meine Haut, ganz sacht,
Dann weiß ich, mein Wunsch nach Zärtlichkeit
erwacht.

Verschmolzen

Zwei Körper, die sich lieben,
Sich in den Armen wiegen,
Hände, die auf Wanderschaft gehen,
Augen, die sich verliebt ansehen,
Zungen, die sich berühren,
Herzer, die sich schlagen spüren,
Seelen, die verbunden sind,
Zu einer Einheit zu verschmelzen bestimmt.

Ekstase

Ich bäume mich auf,
Verlier mich in Lust,
Diese Sehnsucht,
Um die ich so kämpfen musst'.

Ich schreie es heraus,
Zerberste in kleine Stücke,
Befriedigung kriecht in jede Lücke.

Ich sinke auf dich nieder, glücklich, frei,
Wünsche mir auf ewig deine Nähe herbei.

Danksagung

Danke ...

... an Tom Jay, Manuela Wirtz, Martina Sprenger, Clarissa Yeo und Autor Carlos, für ihre Unterstützung bei diesem Projekt!

Neuauflage: erschein im November 2013
Autor: Angela Fabiani
Verlag: Books on Demand
ISBN: 9783732287192
Preis: 9,00 Euro

Leseprobe »Frühlingsgefühle«

Auf der Tanzfläche zog Raoul sie an sich heran und hielt sie fest. Seine dunklen Augen, umrandet von beneidenswert langen Wimpern, funkelten sie herausfordernd an. Sein Blick hatte etwas gefährlich Diabolisches und für den Moment vergaß sie Steven. Sie wurde neugierig und mutig.

Der Prosecco berauschte sie und entfachte die Lust auf ein Abenteuer. Sie sah ihn ermunternd an und presste ihr Becken an seines. Er war nicht so viel größer als sie, was in dem Moment genau richtig war. Sie ließ ihre Hüften leicht kreisen und spürte etwas Festes, das sich gegen ihren Venushügel presste. Als sie realisierte, was das war, wurde ihr heiß.

Sie spürte, wie ihr das Blut in den Unterleib schoss und pulsierte. Sollte sie jetzt einen Rückzieher machen? Ging ihr das jetzt doch zu schnell? Sie sah Raoul an, sah seinen glühenden, gierigen Blick und hatte das unbändige Gefühl, es ausprobieren zu wollen. Nein, sie wollte keinen Rückzieher machen.

Raoul schien ihr das anzusehen, denn er schob eine Hand unter ihr Kinn, hob es an, um Sekunden später seine vollen Lippen auf ihre zu pressen. Er umschlang ihren zierlichen Körper fest und drängte seine fordernde Zunge in ihren leicht geöffneten Mund, dass ihr schwindelig wurde

Sie fuhr mit ihren Händen seinen Rücken hinunter bis zu seinem Po, der sich sehr sexy anfühlte. Dabei wurde sie immer mutiger und presste sich fester an ihn, um seine Erregung zu spüren. Fast vergaß sie, dass sie auf einer Tanzfläche stand und eine Menge Menschen sie beobachten konnten. Elisas Abenteuergeist war geweckt. Dieser Mann, mit dem sie noch nicht allzu viele Worte gewechselt hatte, reizte sie sexuell unheimlich. Raoul schien es ähnlich zu gehen, denn sie spürte, wie er seine Erektion an ihren Unterleib presste.

Das Spiel ihrer Zungen wurde immer leidenschaftlicher und Elisa versank in einem Strudel aus sexueller Lust. Irgendwann schob Raoul sie kurz ein Stück von sich und sie tauchte auf, aus ihrer Trance. Beschämt stellte sie fest, dass ihre Kollegen sie etwas erstaunt ansahen.

Kein Wunder, denn so kannte sie keiner. Das war ihr klar. Aber ihr Unterleib pulsierte immer noch und ihr war heiß. Raoul sah sie an und flüsterte in ihr Ohr

»Kommst du mit?«

»Wohin«, fragte sie heiser und ihr Unterleib schien laut JAA zu schreien.

»Nach draußen, vertrau mir«, sagte Raoul keck und zwinkerte ihr zu.

»Okay, aber ich muss noch kurz mit Tasha sprechen«, sagte Elisa schnell und löste sich kurz von Raoul, um zu ihrer Freundin zu gehen. Tasha sah sie mit großen Augen an.

»Wow Elisa, was ist denn mit dir los?«, fragte sie erstaunt.

»Keine Ahnung Tasha, ich kann einfach nicht anders«, sagte sie und spürte, wie ihre Wangen rot wurden. »Ich verschwinde mal kurz mit Raoul. Aber ich komme wieder«, sprach sie weiter.

»Du bist alt genug, aber bitte geh auf Nummer sicher«, sagte Tasha und schob ihrer Freundin etwas in die Hand, was Elisa recht schnell als Kondom identifizierte. Dann grinste sie und zwinkerte ihr zu.

»Zisch ab, und viel Spaß«.

Elisa ging zurück zu Raoul, der sie schon von Weitem mit seinen Blicken auszuziehen schien. Sie hatte weiche Knie und ihr Herz klopfte, aber ihre Vagina sprach eine eindeutige Sprache: Sie wollte das, und zwar jetzt!

Raoul nahm sie wortlos an die Hand und zog sie nach draußen. Sie gingen auf den Parkplatz und er holte seinen Autoschlüssel aus der Hosentasche.

Die Luft war kühl, aber Elisa war zu aufgeheizt, um zu frieren. Plötzlich hörte sie ein Klicken vor sich und bei einem schicken Sportwagen gingen die Lichter an. Raoul schnappte sie unerwartet und küsste sie heftig.

Er öffnete die Beifahrertür und Elisa glitt auf den bequemen Ledersitz.

Mit einem Griff klappte Raoul die Lehne nach hinten und war über ihr. Er küsste sie leidenschaftlich, so leidenschaftlich, wie sie noch nie geküsst worden war.

Sie spürte, wie er ihr Kleid nach oben schob, seine Hände waren auf ihrer nackten Haut ...